D1726544

Durch das Labyrinth von

VERGESSENE WELT
JURASSIC PARK™

von **Lara Bergen**

nach dem Drehbuch
von David Koepp
und dem Roman
THE LOST WORLD
von Michael Crichton

Warnung:

ETWAS HAT ÜBERLEBT!

Geh nicht weiter, bevor du folgendes
gelesen hast…

Bist du bereit, den Trip deines Lebens zu
wagen (und nicht nur einen)?

Beginne auf Seite 1. Lies weiter bis zu
einer Seite, auf der du aufgefordert wirst,
eine Wahl zu treffen. Entscheide, was du tun
willst und blättere auf die entsprechende
Seite. Lies weiter und triff Entscheidungen,
bis du zum ENDE gelangst. Jetzt ist dein
Abenteuer überstanden. Aber du kannst noch
jede Menge anderer auswählen. Geh zum
Anfang zurück. Dort erwartet dich ein
brandneues Abenteuer!

„Willkommen im Jurassic Park San Diego!"
Das gigantische Schild ragt über dir in die Höhe. Nur schade, daß der Park noch nicht eröffnet wurde. Bestimmt wäre dein Familienausflug nach San Diego dann noch viel aufregender geworden. Stell Dir das mal vor! Echte, lebende Dinosaurier ansehen — und sogar anfassen! Und dabei hatten deine Eltern gedacht, der Zoo und Sea World wären hier das Tollste!

Glücklicherweise sind deine Eltern gerade völlig damit beschäftigt, sich die Krebse unten an der Marinewerft anzusehen, so daß sie noch nicht einmal bemerkt haben, wann du dich abgeseilt hast. Du hast stundenlang Zeit, bevor sie überhaupt merken, daß du deine eigenen Wege gegangen bist.

Wenn du nur irgendwie in den Park reinkommen könntest! Es müßten doch schon Dinosaurier drin sein, die man sich anschauen könnte. Schließlich steht auf allen Plakaten in der Umgebung „Eröffnung in Kürze".

Aber hey, Moment mal! Kann das sein? Ein Loch im Zaun!

Geh auf Seite 2

Na klar ist das eins! Und niemand ist in der Nähe. Das ist deine große Chance und du wirst sie nutzen!

Du zwängst dich durch das Loch im Maschendrahtzaun und siehst dich um. So ein Chaos! Überall liegt Baumaterial herum. Und weit und breit immer noch keine Menschenseele in Sicht. Vielleicht hättest du doch lieber brav mit deinen Eltern die Krebse ansehen sollen.

Dann spähst du zu dem riesigen Betongebäude links von dir hinüber. Sieht aus wie eines dieser antiken römischen...

Mensch, wie hießen die gleich noch mal... Amphitheater? Es ist sowieso noch nicht fertiggestellt. Aber auf jeden Fall sieht es wie die Hauptattraktion des Parks aus. Also warum sich das Ganze nicht mal näher ansehen, wenn man schon mal hier ist!

Doch dann, urplötzlich hörst du ein furchteinflößendes Geräusch. Irgendwas zwischen Urschrei und Donnergrollen.

Es ist deine Mutter, die nach dir ruft!

Wenn du ihr brav antworten willst, geh auf Seite 7.

Wenn du der Ansicht bist, daß du schon zu weit vorgedrungen bist, um noch umzukehren und sie wagemutig ignorieren willst, geh auf Seite 13.

Du greifst nach einem Papiertaschentuch und hältst es dir an die Nase. Dann schneuzt du dich – und wie!

„Hier", sagst du und gibst Sarah den feuchten Lappen.

„Igi..., danke", sagt sie ein wenig zögernd. Aber es funktioniert. Die behelfsmäßige Schiene sitzt!

Doch dann ertönt plötzlich ein ohrenbetäubendes Gebrüll aus dem Dschungel – um genau zu sein, von gleich neben dem Wagen – gefolgt von einem krachenden Geräusch. Du stürzt los und schaust durch die verbarrikadierten Fenster... direkt in die Augen eines ausgewachsenen T-Rex. Die Mutter des Babys ist gekommen, um es zu holen!

„Schnell!" schreit Sarah. „Lassen wir es raus, damit seine Mutter es sehen kann."

Während Nick versucht, die ganze Szene auf Video aufzunehmen, hältst du Sarah, die das Baby hinausscheucht, die Tür auf. Schnell schlägst du die Tür wieder zu – aber von draußen kannst du das Gurren und Schnüffeln der T-Rex-Mutter hören, die ihr kleines Baby inspiziert – und dann das laute Stampfen ihrer Füße, als die beiden verschwinden.

Puuh! Das war knapp, denkst du dir.

Geh jetzt auf Seite 4.

Aber der Spaß ist noch nicht vorbei!

Einen Augenblick später rammt etwas Riesiges die Seitenwand des Wagens. Die T-Rex-Mutter ist zurückgekommen, um euch Zwergen eine Lektion zu erteilen. An ihrem Kleinen murkst niemand ungestraft rum!

Du schaust aus dem Wagenfenster und siehst, wie sich der T-Rex auf einen zweiten Angriff vorbereitet. Du mußt jetzt handeln – und zwar schnell!

Deine Augen suchen blitzschnell die Kabine ab und stoßen gleich auf das Satellitentelefon und das Funkgerät. Um mit beiden um Hilfe zu rufen, hast du keine Zeit. Wofür sollst du dich entscheiden?

Wenn du Telefon sagst, geh auf Seite 48.

Wenn du Funkgerät sagst, geh auf Seite 54.

Du drehst den verrosteten Schlüssel um und augenblicklich springt der Außenbordmotor an. Bingo! Mit Höchstgeschwindigkeit hältst du direkt auf die Insel zu.

Nach kurzer Zeit befindest du dich am Ufer einer tropischen Lagune. Ein strahlender Halbmond aus weißem Sand breitet sich vor dir aus, der vom üppigen Rand des Dschungels begrenzt wird. Du fährst dein Boot auf den Strand und kletterst glücklich an Land. Was nun, fragst du dich. Wo sollst du von hier aus hingehen?

Du beschließt, erst einmal am Strand entlangzugehen. Sicherlich wird es deine Mutter gnädiger stimmen, wenn du ihr eine schöne Muschel mitbringst.

Während du den Strand abgehst, stößt du auf ein riesiges, schillerndes Gehäuse einer Meeresschnecke. Das war aber leicht! Aber gerade, als du dich nach unten beugst, um es aufzuheben, zieht ein raschelndes Geräusch aus dem Dschungel deine Aufmerksamkeit auf sich.

Wenn du dich umdrehen willst, um der Sache auf den Grund zu gehen, geh auf Seite 46.

Wenn du das Geräusch lieber ignorieren und dich auf deinen frisch gefundenen Schatz konzentrieren willst, geh auf Seite 36.

So, du glaubst also, dir wird das alles zuviel? Soll das ein Witz sein? Willst du dir die Chance deines Lebens wirklich durch die Lappen gehen lassen? Na, das hätte mich aber auch gewundert.

Du atmest tief durch, drehst dich um und läufst langsam auf den Käfig zu. Schließlich ist es immer noch ein Käfig. Und ein Käfig ist dafür konstruiert, solche Dinge wie Dinosaurier drinnen zu halten. Und solche Dinge wie dich draußen. Wovor solltest du dich also fürchten?

Du bist nur noch einen Schritt davon entfernt. Und dann passiert es. Etwas greift nach deiner Schulter – und zwar sehr unsanft!

Geh auf Seite 19.

„Ich komm schon, Mami", sagst du, mit schuldbewußtem Lächeln. Und während du dich durch den beschädigten Zaun auf den Rückweg machst, spürst du schon ihren strafenden Blick.

„Wie kannst du nur einfach so abhauen!" schimpft sie. „Wir haben uns solche Sorgen gemacht!"

„Genau", sagt dein Vater.

„Wir hätten große Lust, den ganzen Ausflug abzublasen und dich noch heute Nachmittag wieder heimzubringen."

„Genau", sagt der Vater.

Nach Hause?, denkst du dir begeistert. Zu deinen eigenen Computerspielen? Deinem eigenen Skateboard? Deinem besten Freund, mit dem du spielen kannst? Au ja!

„Aber das werden wir nicht tun", sagt deine Mutter. „Wir haben deiner Großtante Gussie versprochen, daß wir sie dieses Wochenende besuchen kommen und wir können sie nicht enttäuschen. Sie hat ihrem gesamten Bridgeclub erzählt, daß wir kommen und sie haben ihr Turnier verschoben, nur um dich kennenzulernen."

Tante Gussie! An diesen Teil des Ausflugs hattest du gar nicht mehr gedacht! Unangenehme Zeitgenossen lauern nicht nur im Jurassic Park. Sieht so aus, als ob du jetzt nur noch geradesitzen und „Ja, Tante", sagen kannst, und gequält lächeln, wenn dich die alten Damen in die Wange kneifen, während du in deinem Elend nur wartest, wartest auf das...

ENDE

„Also, was sollen wir jetzt tun?" fragst du Kelly.

„Bleib einfach still sitzen", sagt sie. „Wir verstecken uns hier drin und gehen hin, wo sie uns hinbringen. Wenn wir da sind, kommen wir raus und helfen ihnen. Mein Dad wird so überrascht sein!"

Ja, da kannst du drauf wetten!

Plötzlich hörst du, daß sich fremde Stimmen dem Wagen nähern. „Ziehen wir das Ding auf den Frachter", ruft jemand.

Den Frachter? Soll das heißen, ihr fahrt mit dem Schiff zu der Insel? „Warum fliegen sie uns nicht einfach hin?" fragst du.

„Oh, das würde der Umwelt zu sehr schaden", erklärt Kelly. „So ist es viel rücksichtsvoller."

Ja, aber nicht für meinen Magen! Na gut. Du sitzt jetzt eben für eine lange Reise in diesem Ding. Am besten, einfach zurücklehnen und die Fahrt genießen. Vielleicht sind auf diesen Computern da sogar ein paar Spiele...

Fordere Kelly zu einem elektronischen Zweikampf heraus und geh auf Seite 9.

Am nächsten Tag erreicht das Schiff – mit dir an Bord – sein Ziel. Isla Sorna.

„Yippie!" jubelt Kelly.

Du hältst dich allerdings im Wagen versteckt, bis er vom Schiff abgeladen und an einen Ort weiter im Inneren der Insel transportiert wird. Erst als du dir absolut sicher bist, daß sich alle zu ihrer ersten Expedition in den Dschungel aufgemacht haben, kommst du aus dem winzigen Badezimmer heraus.

„Jetzt aber", sagt Kelly. „Machen wir uns an die Arbeit. Mein Dad ist wahrscheinlich halb verhungert, wenn er zurück-kommt. Ich denke, ich mache mal ein kleines Lagerfeuer und koche Abendessen. Willst du mir helfen?"

Du weist zaghaft darauf hin, daß es im Wohnwagen einen einwandfrei funktionierenden kleinen Herd gibt. Aber Kelly scheint wild entschlossen, eine Grillparty zu veranstalten.

Wenn du Kelly helfen willst, geh auf Seite 10.

Wenn du lieber das aufregende Spiel weiterspielen willst, das du auf dem Computer gefunden hast, geh auf Seite 43.

Du kommst heraus auf dem Rand einer Hochebene, die zwischen den Dschungeln im Inneren der Insel auf der einen Seite und der Lagune unter dir auf der anderen Seite liegt. Ein schönes Plätzchen. Während du Kelly hilfst, das Lagerfeuer anzulegen, fängst du unwillkürlich an zu singen: „Zu den blauen Bergen fahren wir…"

„Pssst!" sagt Kelly plötzlich.

„'Tschuldigung!" maulst du. Du weißt ja, daß du kein besonders toller Sänger bist, aber muß sie deswegen gleich so grob werden?

Dann bemerkst du, wovon sie eigentlich spricht. Der Dschungel bewegt sich! Ein Vogelschwarm schreit auf und flattert aus den Baumwipfeln auf, und es scheint, daß ein kompletter Teil des Waldes lebendig wird.

„D-d-da k-k-kommt was!" stottert sie.

Schnell jetzt! Denke schnell nach! Such dir eine Zahl zwischen eins und zehn aus.

Wenn du eine ungerade Zahl gewählt hast, geh auf Seite 53.

Wenn du eine gerade Zahl gewählt hast, geh auf Seite 18.

Hast du Höhle B gesagt?

Du versuchst, den Atem anzuhalten und gleichzeitig cool zu bleiben, während du Stark an dem verfaulenden Fleisch vorbei zum Höhleneingang folgst. Aus dem Inneren der Höhle hörst du ein äußerst merkwürdiges, hohes Geräusch.

„Was ist in der...", fängt Stark an. Aber noch bevor er ausreden kann, wird er von einem unidentifizierbaren Flugknochen an der Stirn getroffen und fällt bewußtlos zu Boden.

Du bist schon ganz nah dran, dich davonzustehlen, aber wie immer siegt deine Neugier und zieht dich – ganz vorsichtig – zu dem Biest hin, das für all diese Merkwürdigkeiten verantwortlich ist... Es ist kein T-Rex... kein Raptor... nicht einmal ein schizophrener Triceratops.

Nein, mein Freund, du hast den einzigen lebenden Höhlenmenschen der Welt entdeckt!

Du nimmst deinen haarigen Freund mit heim nach San Diego – und wirst sein Manager. Es geht los mit Talkshows, Werbeauftritten, Büchern und Filmauftritten und schon bald schmeißt du die Schule, ziehst in deine eigene Wohnung und wirst reicher, als du dir es in deinen wildesten Träumen je hättest vorstellen können. Du wirst hundert Jahre alt, erst dann hat dein langes und erfülltes Leben ein...

E N D E

„Wow!" sagt Kelly und kommt näher, um sich die merk-würdige Kreatur im Rucksack zu betrachten. Sie ist ungefähr so groß wie ein riesiger Teddybär – mit einem großen Kopf, großen Augen und rötlichem Flaum auf dem ganzen Körper.

„Wow, toll", wiederholt Malcolm. „So fängt es immer an. Das Gebrüll und die Panik kommen später."

„Was ist das?" fragt Kelly, ohne auf ihn zu hören.

„Es ist ein T-Rex-Baby, Kelly", antwortet die Frau. Offenbar kennt sie Kelly schon von irgendwo her. „Wir haben es im Dschungel gefunden. Ich bin mir ziemlich sicher, daß es sich den Fuß gebrochen hat. Und wenn wir ihn nicht schienen, hat es keine Chance, in der Wildnis zu überleben."

Während das Tier in den Wagen getragen wird, schreit es weiter vor Schmerzen. Und plötzlich sieht Kelly ein wenig besorgt aus. „Andere Tiere werden es hören, oder nicht?" sagt sie und greift nach dem Arm ihres Vaters. „Ich will hier raus!"

„Aber du bist doch gerade erst hergekommen", sagt Malcolm.

„Nein, ich will hier raus! Ich will in Sicherheit. Ich will woanders hin!"

„Siehst du, hab' ich's dir doch gesagt", seufzt Malcolm. „Gebrüll und Panik lassen meist nie lang auf sich warten." Dann nimmt er Kellys Hand. „Komm", sagt er ihr. „Ich brin-ge dich in den Hochstand. Da bist du sicher."

Wenn du bei Kelly bleiben und sofort abhauen willst, geh auf Seite 22.

Wenn du dein Leben riskieren willst, damit dieser arme kleine Fleischfresser ein langes und erfülltes Leben führen kann, geh auf Seite 32.

Du bist der Meinung, daß du schon zu weit vorgedrungen bist, um jetzt umzukehren und du ignorierst die Rufe deiner Mutter wagemutig. Also läßt du deine Eltern warten. Das tun sie ja auch manchmal, zum Beispiel wenn sie dich vom Fußballtraining abholen sollen.

Du machst dich weiter auf den Weg zum Amphitheater. Innen sieht es aus wie eine moderne Gladiatorenarena – mit allem Drum und Dran, Zuschauerrängen und unten einer Reihe großer Käfige. „Dort werden sie die Dino-Shows abhalten", malst du dir aus.

Da hörst du es plötzlich. Ein Schrei. Zuerst kannst du nicht glauben, wie weit die Stimme deiner Mutter trägt. Doch dann bemerkst du, daß die Stimme aus einem der Käfige unter den Zuschauerrängen kommt. Schluck! Da ist irgendwas drin!

Geh auf Seite 14.

Na klar, jetzt denkst du dir, du hast das große Los gezogen! Da drin sind wirklich Dinosaurier. Und du bist einer der ersten – wenn nicht sogar der allererste – Zuschauer, der sie zu sehen bekommt. Und du mußtest noch nicht einmal Eintritt bezahlen!

Aber dann kriegst du plötzlich verdächtig kalte Füße. Von Dinosauriern in Büchern zu lesen – sogar Computersimulationen von ihnen in Filmen zu sehen – ist ein bißchen anders, als ihnen in Fleisch und Blut zu begegnen!

Was sagst du jetzt? Was machst du jetzt? Vielleicht war das wirklich keine so gute Idee?

Wenn du meinst, daß dir das alles etwas zuviel wird,
geh auf Seite 6.

Wenn du meinst, daß dich nichts auf der Welt davon
abhalten kann, diese Gelegenheit zu nutzen, geh auf Seite 17.

Hey, du mußt dir wirklich nichts beweisen und vor dir liegt (hoffentlich) noch ein langes, erfülltes Leben. Du trittst den geordneten Rückzug an, solange du noch kannst – raus aus dem Amphitheater, zurück zu der Stelle, an der du reingekommen bist. Doch jetzt folgt dir das schreckliche Geräusch. Oder ist das etwas anderes?

Ach, nein! Du bist's, Mami! Über all der Aufregung hattest du vergessen, daß sie selber eine Stinkwut hatte. Vielleicht würde man da mit einem wütenden, hungrigen Dinosaurier noch besser fahren als mit einer tobenden Mutter.

Aber jetzt ist es zu spät. Sie hat dich erspäht. Und sie schaut dich mit diesem Komm-sofort-her-oder-du-kannst-was-erleben-Blick an. Du weißt, du hast keine Wahl.

Lächle schuldbewußt und geh auf Seite 7.

Du glaubst, was ja nur logisch ist, daß der Motor des Schlauchboots anspringt, wenn man den Kippschalter umlegt – also tust du es einfach. Und sofort hörst du den Motor aufheulen. Na gut! Erst dann bemerkst du das große, rote Hinweisschild neben dem Schalter, den du gerade betätigt hast. Darauf steht „Notfall-Selbstversenkung". Du hast also gerade ein riesiges Loch im Boden des Bootes elektronisch geöffnet... und sinkst. Was ist das bloß für ein Schlauchboot? Aber welcher Idiot betätigt auch einen Schalter, ehe er die Aufschrift gelesen hat?

Brrr! Das Wasser ist ganz schön kalt. Und das da, was da auf dich zuschwimmt, sind das große, graue Flossen? Ich fürchte ja, und wenn du keine aufblasbare Unterwäsche und kein Insektenmittel hast, das auch auf Haie wirkt, dann ist das leider das...

ENDE

Natürlich wird dich nichts auf dieser Welt davon abhalten, diese Gelegenheit zu nutzen! Du gehst schnurstracks auf den Käfig zu, aus dem das Geräusch kommt. Aber jetzt wird es lauter. Und wütender. Und hungriger!

Am Käfiggitter angekommen, kannst du vor lauter Lärm kaum einen Gedanken fassen. Das Innere des Käfigs ist nichts als ein großes, finsteres Loch, in dem du rein gar nichts erkennen kannst.

Natürlich ist es noch nicht zu spät, umzukehren.

Wenn du lieber den geordneten Rückzug antreten willst, geh vernünftigerweise auf Seite 15.

Wenn du deine Angst lieber runterschlucken willst, geh mutig auf Seite 27.

„Verdammt, wer hat hier ein Lagerfeuer angemacht?" ruft eine zornige Stimme.

„Dad!" ruft Kelly glücklich. „Ich habe gerade angefangen, dir ein Abendessen zu kochen."

Plötzlich humpelt ein ganz in Schwarz gekleideter großer Mann aus dem Wald. „Kelly!" ruft er entgeistert. Sofort erkennst du ihn – du hast ihn schon im Fernsehen gesehen. Dr. Ian Malcolm – dieser verrückte Wissenschaftler, der vor ein paar Jahren den Leuten einreden wollte, es gäbe da eine Insel voller menschenfressender Dinosaurier. Bei so einem Vater war es kein Wunder, daß Kelly so übergeschnappt war. „Was machst du denn hier?" brüllt er.

„Du hast es mir praktisch aufgetragen", antwortet Kelly. „Erinnerst du dich noch? Du hast gesagt 'Hör nicht auf mich'. Und da hab' ich eben nicht auf dich gehört. Und jetzt bin ich hier. Und ich habe noch einen Freund mitgebracht."

„Hm, du und dein Freund, ihr geht sofort dahin zurück, wo ihr hergekommen seid", sagt Malcolm. Er geht in den Wohnwagen und holt ein hellgrünes Handy heraus.

„Verbietest du mir jetzt endlich mal was?" fragt Kelly.

„Ich denke drüber nach", sagt Malcolm.

„Yippie!" jubelt Kelly.

Du dagegen sitzt nur stumm da und wartest, daß ihr Vater jemanden anruft, der euch nach San Diego zurückbringt. Wenn du ein bißchen Glück hast, werden dir deine Eltern nur für die nächsten zehn Jahre alles verbieten! Wer weiß, vielleicht lebst du ja lange genug, um es noch zu erleben, das...

ENDE

Du wirst unsanft umgedreht – und plötzlich stehst du Auge in Auge mit einem fiesen Typen in einem teuer aussehenden Safarianzug. Du erkennst ihn sofort, und zwar vom Titelblatt des Time-Magazins. Es ist Peter Ludlow, der Mann, der für den ganzen Freizeitpark verantwortlich ist.

„Was machst du hier?" knurrt er.

„Ich... äh... ich..."

Aber Mr. Ludlow ist noch nicht fertig. „Dieser Ort ist bis zur Eröffnung absolut tabu", erklärt er dir. (Als ob du das nicht gewußt hättest.) „Sag mir, was du gesehen hast!"

„Ni... ni... nichts", stotterst du. Und Peter Ludlow wirkt erleichtert. Doch dann, du Idiot, sprichst du weiter: „Ich hab' nur gehört, wie..."

„Gehört?!" brüllt er. „Du hast was gehört?"

Auweia! Sieht ganz so aus, als ob du genau das Falsche gesagt hättest.

„Ähem... nein! Ich wollte nicht sagen, daß ich was gehört habe, sondern daß ich nichts gehört habe. Ja, genau... nichts..."

Aber es ist zu spät. Mr. Ludlow ist auch nicht von gestern. Und jetzt, mein Freund, hast du ein Problem.

Geh auf Seite 20.

„Du kommst mit!" knurrt Peter Ludlow, packt dich noch heftiger an der Schulter und bringt dich weg, zu einer abgelegenen Ecke des Amphitheaters. „Ich fürchte, wir können es uns nicht leisten, irgendwelche Jungs rumrennen zu lassen, die den Leuten erzählen, was sie hier gehört haben, solange Jurassic Park nicht hundertprozentig eröffnet ist und läuft."

„Aber ich erzähl's keinem. Ich versprech's!" bettelst du.

Peter Ludlow schüttelt nur den Kopf. „Ich würde dir ja gerne glauben. Wirklich", sagt er. „Aber es steht zuviel auf dem Spiel. Ich könnte dir jetzt genauso gut sagen, daß das, was du gehört hast, ein sehr... hungriger... Dinosaurier war. Ein Velociraptor, um genau zu sein, dessen Wärter ihm leider etwas zu nahe gekommen ist. Und wenn die Behörden herausbekommen, daß sich unsere Attraktionen von unseren Mitarbeitern ernähren, dann werden wir natürlich geschlossen, bevor wir noch eröffnen können. Und das würde mich ein hübsches Sümmchen kosten! Aber keine Sorge! Wir werden den Velociraptor aus dem Verkehr ziehen. Es gibt schließlich noch genügend andere Arten, die wir von Anlage B herschaffen können."

„Anlage B?" fragst du.

Geh auf Seite 21.

„Ganz recht, Anlage B!" Peter Ludlow ist jetzt in seinem Element und nichts kann jetzt noch seinen verbrecherischen Monolog aufhalten. „Vor fünfzehn Jahren hatte John Hammond, mein Onkel, einen Traum – den größten Freizeitpark der Welt zu eröffnen. Eine ganze Insel, die von lebenden Dinosauriern bewohnt wird. Natürlich war der ganze Traum, so wie Onkel John selbst, für die Praxis völlig unbrauchbar und die ganze Sache geriet schnell außer Kontrolle. Aber nur, weil er in einer nicht beherrschbaren Umgebung arbeitete – ganz anders als die, die wir jetzt in Jurassic Park San Diego haben. Aber glücklicherweise hat Onkel John noch einen anderen Ort speziell für die Aufzucht von Dinosauriern eingerichtet – Anlage B auf Isla Sorna. Nachdem ein Hurrikan die gesamte Einrichtung vernichtet hatte, wurden alle Tiere freigelassen, um auf sich selbst gestellt aufzuwachsen – und was heute dort existiert, ist eine echte Vergessene Welt. Ein komplettes Ökosystem aus der Kreidezeit – das hat Millionenwert! Ich bin gerade dorthin unterwegs, um unsere Hauptattraktionen abzuholen. Und weil ich es nicht riskieren kann, dich hier zurückzulassen, damit du unsere große Eröffnung sabotierst... nehme ich dich mit nach Isla Sorna, mein Freundchen!"

Wagst du es, davonzurennen, solange du noch eine Chance hast?

Wenn ja, tritt dem Typen ins Schienbein und renne um dein Leben – während du auf Seite 55 gehst.

Wenn du dich nicht mit einem Erwachsenen anlegen willst, der zweimal so groß ist wie du, sei ein vernünftiger Gefangener und geh auf Seite 39.

Du folgst Malcolm und Kelly aus dem Wagen durch das Lager, zu einer komplizierten Konstruktion, die Eddie, der zuständige Mann für die Ausrüstung, gerade erst fertiggestellt hat.

„Was ist das?" fragt dich Kelly, während du in den Metallkäfig steigst.

„Das ist ein Hochstand", sagt Malcolm. Dann ertönt ein leises, surrendes Geräusch und ihr werdet in 15 m Höhe befördert. „Das ist der sicherste Ort, den ich euch anbieten kann", beruhigt euch Malcolm. „Seht ihr die Bäume, die ringsum wachsen? Sie sind giftig und die Tiere wissen das. Der starke Geruch der Pflanzen hält sie fern. Na, fühlt ihr euch jetzt besser?"

„Eigentlich nicht", sagt Kelly. „Alles, an was ich jetzt denken kann, sind diese Horrorstories über Dinosaurier, die du mir erzählt hast!"

„Ach, diese Geschichten... Naja..."

„Und an den großen Kopf, der uns anstarrt."

WAS? Du drehst dich um und findest dich Auge in Auge mit einer ausgewachsenen Version der Kreatur, die immer noch im Auto rumheult. Und dieses Tier hat offensichtlich Hunger auf einen Leckerbissen – und es beugt sich langsam nach vorne, um dich mit seiner warmen, schleimigen Zunge abzulecken. Ist das ein Lächeln, was du da siehst? Naja, während Kelly und Malcolm in hilflosem Schrecken zusehen, hast du wenigstens den Trost, daß du gut schmeckst, während du es kommen siehst... dein...

ENDE

„Wie wär's mit einem kleinen Spaziergang durch das hohe Gras da drüben, Mr. Stark?" fragst du.

„Was? Durch das Elefantengras? Bist du wahnsinnig?" sagt Stark. „Wer weiß, auf was wir da drin stoßen!"

Mein Gott, denkst du. Der ist aber ängstlich! Du läufst in das Gras voran und läßt Stark seine kaputte Fangschlinge reparieren. Aber weit kommst du nicht, bis du ein Rascheln auf der Oberfläche des Grases bemerkst. Komisch. So windig ist es doch gar nicht. Und was sind das eigentlich für lange Dinger, die wie Echsenschwänze aussehen und die da aus dem Gras herausstehen? Oh nein... Velociraptoren!

Aaaah!

Du rennst los, auf die einzige Lücke zu, die du im Kreis der lauernden Echsenschwänze erkennen kannst. Du kannst das Knurren und Zuschnappen der Raptoren hören, als sie dich wie schuppige Torpedos verfolgen. Das hohe Gras schlägt dir ins Gesicht und macht dich fast blind, aber du weißt, du darfst nicht stehenbleiben. Du rennst immer schneller – bis du spürst, daß dein Herz und deine Lungen gleich explodieren... Und plötzlich verlierst du den Boden unter den Füßen...

Geh auf Seite 34.

Auf dem Schiff zeigt dir Ludlow deine ganz persönliche Kajüte – mit allem Drum und Dran, sogar einem Obstkorb – und befiehlt dir, nicht rauszukommen, bis er es dir erlaubt. Wirklich kein sehr sympathischer Mann, was?

Du hast allerdings nicht viel Zeit darüber nachzudenken, denn plötzlich bewegt sich der Boden und du merkst, daß das Schiff ablegt. Schon bald scheint das ganze Zimmer zu schaukeln und zu wackeln... durch den mächtigen Pazifischen Ozean. Auweia, denkst du dir. Gleich wirst du ein Wiedersehen mit deinem Mittagessen feiern...

Nach endlos scheinenden Stunden des Schaukelns legst du dich in deine Koje und versuchst, ein bißchen zu schlafen. Draußen wird es langsam dunkel und du ahnst, daß du einen großen Tag vor dir hast.

Träume süß und geh auf Seite 25.

BRRUMMM! Was ist das für ein Geräusch? Donner? Du setzt dich auf und schaust aus dem Bullauge. Der Himmel ist vollkommen blau. Und auch das Wasser ist ziemlich ruhig, um die gesamte Insel.

Hey! Da wird es dir klar. Das Schiff hat angehalten! Du bist auf Isla Sorna angekommen!

Jetzt bemerkst du, daß das brummende Geräusch von oben kommt. Wahrscheinlich von Deck. Du stehst auf und drehst am Türknauf. Ja! Nicht abgesperrt! Du nimmst dir ein paar Trauben und eine Banane aus dem Obstkorb, stopfst sie für später in deine Taschen und öffnest langsam die Tür. Die Luft ist rein. Du folgst den roten Hinweisschildern, die zum Ausgang führen und willst der Sache auf den Grund gehen.

Oben auf Deck siehst du die Lärmquelle. Drei riesige Hubschrauber im Militarylook. Auf ihre Heckteile ist der Name „InGen" geschrieben. Und es sieht so aus, als machten sie sich für den Start bereit.

Jeder auf Deck ist damit beschäftigt, Ausrüstungsgegenstände in die Hubschrauber zu laden, so daß es keiner merken würde, wenn du dich anschleichen und in einen Frachtraum klettern würdest.

Doch dann bemerkst du das Schlauchboot drüben neben den Dinosaurierfutterkisten. Kein Problem, einzusteigen und auf eigene Faust zur Insel zu rudern, sich ein wenig dort umzusehen und dann nach Belieben zurückzupaddeln.

Also, was nun?

Für den Luftweg geh auf Seite 30.

Für den Seeweg geh auf Seite 50.

„Oh, natürlich will ich euer Scout sein", sagst du. Schließlich kann man so ein Angebot einfach nicht ablehnen.

„Hervorragend", antwortet der Mann. „Übrigens, ich glaube, ich habe mich noch gar nicht richtig vorgestellt. Roland Tembo – weltberühmter Jäger. Und das ist mein alter Freund und Partner, Ajay Sidhu." Er nickt dem Mann neben sich zu und dann setzt er wieder seinen eisigen Blick auf. „So, die Pause ist vorbei!" schreit er. „Irgendwo auf dieser Insel lebt das größte Raubtier, das je existiert hat. Und das zweitgrößte Raubtier – also ich – muß es finden. Also los!"

Mensch, der Typ ist ganz schön heavy, denkst du dir. Und so ist auch seine Ausrüstung! Denn sofort wird dir klar, daß „Scout" in Wirklichkeit ein anderes Wort für Lastesel ist, man belädt dich nämlich mit Rucksäcken schwer wie Blei.

Du folgst den beiden Jägern in den dichten Dschungel.

Dann spürst du plötzlich, wie die Erde bebt... Bmmmbb!

Roland und Ajay bleiben wie angewurzelt stehen.

„Hast du..."

„Hm..."

Schnell auf Seite 40!

„Ich brauche Ihre Hilfe, Malcolm!"
John Hammond hat ein kleines Problem.

Immer in Deckung bleiben, auch wenn es nur Stegosaurie sind!

Sarah Harding:
Ihr Forscherdrang
läßt sie die Vorsicht
vergessen...

Aus Jägern werden
Gejagte...

„Okay, den T-Rex haben wir abgehängt!"
Aber leider endet die Flucht im Jagdrevier
der Raptoren…

Mit T-Rex-Eltern ist nicht zu spaßen...

...wenn sie glauben, daß ihr Baby in Gefahr ist!

Ian, Sarah und Nick
– zwischen den
Dinos und dem
Abgrund.

Der Raptor – schneller als Menschen, aber auch
cleverer?

Jetzt oder nie – mit einem Sprung
in Sicherheit!

Tja, was soll man da sagen. Wieder einmal triumphiert die törichte Neugier über den guten alten gesunden Menschenverstand.

Wagemutig preßt du dich an die Käfigstangen und versuchst, etwas zu erkennen.

Plötzlich hört das Geräusch von vorhin auf.

Du starrst in die Dunkelheit und alles, was du schemenhaft erkennen kannst ist eine aufrechte Gestalt – ungefähr anderthalb Meter hoch, mit langen Gliedern und stechenden Augen, die dich mißtrauisch mustern! Komisch – sie sehen viel menschlicher aus, als du dir gedacht hättest.

„Hey!"

Du springst zurück. Soviel steht fest, ein sprechender Dinosaurier war das letzte, womit du gerechnet hast.

„Oh, tut mir leid. Ich wollte dich nicht erschrecken", meint das Ding. Dann sagt dir ein schlurfendes Geräusch, daß es sich auf dich zubewegt.

Du machst noch einen Schritt zurück und wartest mit angehaltenem Atem darauf, zu sehen, auf was du da genau gestoßen bist.

Geh auf Seite 28.

Du bist ziemlich überrascht, als du siehst, daß es sich nicht um einen sprechenden Dinosaurier, sondern um ein junges Mädchen handelt.

„Was machst du denn hier?" fragst du.

„Oh, ich hab' hier nur ein bißchen mit diesen Dinosaurieraufnahmen gespielt", erklärt sie, während sie die Tür öffnet und nach draußen in die Sonne spaziert. „Ich bin ziemlich gut für mein Alter, weißt du." Und plötzlich wird dir klar, daß sie gar nicht in einem Käfig war, sondern in einer Art ultramodernem audiovisuellen Kontrollraum.

„Ich bin Kelly Malcolm", fährt sie fort „und ich bin gerade unterwegs, um meinem Dad bei einer extrem wichtigen Mission zu helfen."

„Was für eine Mission?" fragst du.

„Naja, ich bin mir nicht ganz sicher", muß sie zugeben. „Um genau zu sein, mein Dad weiß noch gar nicht, daß ich ihn begleite. Aber es langweilt total, daß ich nie bestraft werde – weißt du? Aber ich glaube, wenn ich so als blinder Passagier mitfahre, dann wird er vielleicht mal durchgreifen und mir meine Grenzen zeigen. Alles, was ich weiß, ist, daß sie in diesem tollen Wohnmobil mit dieser ganzen coolen Ausrüstung unterwegs sind – das Ding, in das ich mich eingeschlichen habe – und daß sie auf der Fahrt von New York hier haltgemacht haben, um mehr Vorräte zu besorgen. Hey, willst du nicht mitkommen? Könnte ein toller Spaß werden!"

Wenn du der Versuchung nicht widerstehen kannst, Kellys aufregendes Angebot anzunehmen, geh auf Seite 33.

Wenn du meinst, daß jemand, der unbedingt bestraft werden will, nicht mehr alle Tassen im Schrank haben muß, geh auf Seite 38.

Bist du blöd? Du gehst nirgends hin – außer auf diesen Frachter.

Also los jetzt, auf den Frachter! Und geh auf Seite 24.

Jetzt oder nie, entscheidest du – und rennst auf die Hubschrauber zu. Geschafft! Du quetschst dich hinter eine Kiste im Frachtraum eines der Hubschrauber, auf der *Gefahr: Sprengstoff* geschrieben steht und duckst dich. Minuten später bist du über hundert Meter hoch in der Luft, unterwegs nach Isla Sorna.

Die Hubschrauber landen auf einer kleinen Lichtung. Schnell wird das ganze Material ausgeladen. Keiner bemerkt dich, als du aus deinem Hubschrauber steigst und dich umsiehst.

Doch dann wirst du starr vor Schreck, als jemand ruft: „Hey, Kid!" Meinen die etwa dich? Langsam drehst du dich um und stehst einem Mann mit grimmiger Miene gegenüber. „Steh hier nicht so unnütz rum", knurrt er mit einem lustigen Akzent. „An die Arbeit!" Anscheinend glaubt er, daß du zur Crew gehörst!

„Äh... äh..., ich...", stotterst du verlegen. „Ich... äh..."

„Erzähl' mir nicht, daß du nichts zu tun hast!" brüllt er. „Ich werd' dir schon was zu tun geben. Mein Fahrer, Carter, ist anscheinend verschwunden – also fahr' du den Snagger!"

Fahren? Du hast nicht einmal einen Mopedführerschein! Und was ist überhaupt ein „Snagger"? Aber zum Fragen bleibt jetzt keine Zeit, denn Mr. Akzent wird langsam ungeduldig. „Also los jetzt", brüllt er. „Mr. Ludlow will, daß wir hier fertig werden, und zwar am besten gestern! Übrigens, meine Freunde nennen mich Dieter – aber du darfst Mr. Stark zu mir sagen."

Geh auf Seite 31.

Mr. Stark führt dich zu einem riesigen Jeep und drängt dich auf den Fahrersitz. Du fragst dich, wie du jemals dieses Ding fahren sollst. Aber du hast deinen Eltern schon tausendmal beim Autofahren zugesehen. Gasgeben. Ein bißchen am Lenkrad drehen. Einfacher geht's doch nicht!

„Worauf wartest du?" fragt Stark, während er in einen kleinen Seitenwagen klettert, der neben der Beifahrerseite angebracht ist. Er greift sich eine lange, dünne Stange, die an einem Ende eine Schlinge hat (Aha, das ist also der Snagger!) und läßt sie über die Seite des Jeeps pendeln. „Los geht's!" brüllt er.

Du drehst den Zündschlüssel und fühlst, wie der Motor zu Leben erwacht. So weit, so gut! Dann trittst du sanft auf's Gaspedal. Was für eine Power, denkst du dir, während sich das Fahrzeug unter deiner Führung in Bewegung setzt.

Plötzlich registrierst du, daß der Jeep rückwärts fährt. Der Rückwärtsgang war eingelegt! Das nächste, was du zu Gesicht bekommst, ist dein schöner neuer Jeep als ein Haufen von olivgrünem verbeultem Stahl, der am Stamm einer riesigen Palme klebt, und Mr. Stark mit Schaum vor dem Mund.

„Du Vollidiot! Hast du noch nie ein Auto gefahren? Was sollen wir jetzt tun?"

Keine Sorge, Mr. Stark, da gibt es mehrere Möglichkeiten!

Du könntest die schöne Insel und deine frisch erworbene Freizeit genießen und eine Wanderung durch das hohe Gras da drüben machen – und auf Seite 23 gehen.

Du könntest nachsehen, wo diese tiefen Fußspuren mit drei Zehen hinführen, die du gerade auf dem Boden ausgemacht hast – und auf Seite 35 gehen.

Oder du könntest dort bleiben, wo du bist und warten, bis der Rest der Jagdgesellschaft zurückkommt – und auf Seite 45 gehen.

Du siehst zu, wie Kelly und Malcolm aus dem Wagen rennen, rüber zu einem Metallkäfig auf hohen Stelzen, den Eddie, der zuständige Mann für die Ausrüstung, gerade erst fertiggestellt hat - dann stürzt du zu dem metallenen Eßtisch, wo Sarah und der Fotograf versuchen, das T-Rex-Baby zu schienen.

„Kann ich euch helfen?" fragst du.

„Ich bin fast fertig", sagt Sarah, während sie eine aus Alufolie gefertigte Manschette um das gebrochene Bein des Babys legt. „Ich brauche nur noch etwas zum Kleben. Irgendwas Verformbares... Hey, hast du vielleicht noch einen Kaugummi, Nick?" fragt sie den Fotografen.

„Tut mir leid", sagt er. „Ich habe Malcolm meinen letzten gegeben.

Sarah sieht sich angestrengt um. „Was sollen wir jetzt nur tun?" seufzt sie.

Geh auf Seite 3.

Natürlich kannst du der Versuchung nicht widerstehen, Kellys Einladung anzunehmen. Wichtige Mission? Da bist du dabei!

Du folgst Kelly aus dem Amphitheater heraus zu einem riesigen Hangar am Ufer. Dort drinnen sind zwei lange Wohnwägen, die durch einen akkordeonartigen Durchgang miteinander verbunden sind – wie bei einem Straßenbahnwagen. „Das ist es", sagt Kelly.

Sie sieht sich um, um sich zu vergewissern, daß sie niemand beobachtet. Für einen Augenblick scheint ihr ganz alleine zu sein, also öffnet sie schnell die Vordertür des Wohnwagens und fordert dich auf einzutreten.

Im Wohnwagen ist es sogar noch kühler als draußen im Hangar. Sieht aus wie die Kommandobrücke von Raumschiff Enterprise!

„Was ist das alles für ein Zeug?" fragst du.

„Oh, Computer und Laborausstattung und solche Sachen. Wir gehen dorthin", sagt sie und zeigt auf eine winzige Insel auf einer großen elektronischen Landkarte auf einer der Wände. „Isla Sorna. Da beobachten wir wilde Tiere."

Wilde Tiere beobachten? Hört sich mehr nach einer Expedition als nach einer wichtigen Mission an. Vielleicht hast du da einen Fehler gemacht...

Wenn du glaubst, daß du bessere Dinge zu tun hast, als mit einer Ausreißerin einen Ausflug in die Natur zu machen, geh auf Seite 42.

Wenn du den Eindruck hast, daß diese Maschine für mehr gedacht war, als seltene Vögel zu beobachten, geh auf Seite 8.

Das Schicksal hat dich zu einem steilen Abhang geführt und jetzt befindest du dich auf einem rasanten – und ziemlich schmerzhaften – Sturzflug. Als du endlich zum Halten kommst, rappelst du dich mühsam auf und bist mehr als erleichtert, daß du nicht nur unverletzt bist, sondern daß dir die Raptoren auch nicht über den Abhang gefolgt sind.

Als du dich umsiehst, stellst du fest, daß du dich auf einer flachen Sandbank befindest, die von Felsblöcken eingerahmt ist. Sie breitet sich bis zum Horizont aus. Aber das ist es gar nicht, was dich so verblüfft...

Direkt vor dir steht eine Reihe von Schreibtischen und eine große Tafel. Vor dir steht deine Lehrerin und blickt dich streng an.

„Du bist zu spät!" fährt sie dich an. „Hast du unsere Klassenarbeit heute vergessen? Ich hoffe für dich, daß du was gelernt hast!"

Klassenarbeit? Welche Klassenarbeit? Sollte eine Klassenarbeit geschrieben werden?

Oder ist das alles nur ein verrückter Traum, der dich in deiner sicheren Koje des Frachtschiffes heimsucht?

Das ist schwer zu sagen. Du weißt nur, daß diese Schreibtische verdammt hart sind – und die Klassenarbeit noch härter! Und was Alpträume betrifft, ist das erst der...

ANFANG

„Warum gehen wir nicht einfach diesen tiefen Fußspuren mit drei Zehen nach, Mr. Stark", schlägst du vor.

„Hmmm, interessant", sagt Stark und hebt seine Schlinge auf. „Gehen wir!"

Zusammen kämpft ihr euch durch ziemlich dichten Dschungel vor – und dann auf eine kleine Lichtung, wo ihr zwei Höhlen seht, die in einen Berghang eingeschnitten sind und an denen die riesigen Spuren plötzlich aufhören. Der Boden vor den Höhlen ist von halb aufgefressenen Kadaverresten übersät – Arme... Beine... Köpfe... undsoweiter... auf denen widerliche Maden und Fliegen herumkriechen. Der Gestank ist wirklich unerträglich.

„Bingo!" sagt Stark. Dann rupft er eine Handvoll Gras aus und wirft es in die Luft. Es schwebt zwischen seine Füße. „Das ist gut", sagt er und nimmt seine Schlinge noch fester in die Hand. „Wir haben Gegenwind, das heißt, was auch immer da drin ist, es hat uns noch nicht gewittert. Der Überraschungseffekt ist auf unserer Seite!"

„Aber da sind zwei Höhlen", sagst du. „In welche sollen wir zuerst schauen?"

Wenn du dich für Höhle A entscheidest, geh auf Seite 56.
Wenn du dich für Höhle B entscheidest, geh auf Seite 11.

So, im Dschungel hat etwas geraschelt. Naja, war wahrscheinlich nur der Wind. Du bist jetzt viel zu sehr damit beschäftigt, dir dieses tolle Schneckengehäuse zu beschaffen, um dich davon ablenken zu lassen.

Glücklich hebst du es hoch, um es im vollen Sonnenlicht zu bewundern. Oh ja! Das wird deiner Mami bestimmt gefallen! Vielleicht solltest du noch ein paar mehr mitnehmen? Schließlich kann man nie genug Bestechungsmaterial haben.

Doch dann, als du das Gehäuse in deine Tasche steckst (die wird mit der Zeit ganz schön voll), hörst du es wieder. Da raschelt bestimmt irgendwas. Vielleicht ist es gar nicht der Wind.

Du gehst auf den dichten Rand des Dschungels zu. Ein großer Busch, etwa vier Meter hoch, bewegt sich. Und mit Sicherheit nicht durch den Wind. Etwas kommt direkt auf dich zu. Und wie das stinkt!

Geh auf Seite 37.

Du bist bereit, um dein Leben zu rennen, als aus dem Dschungel die Ursache für das ganze Rascheln und Schütteln auftaucht. Zwei miesepetrige Männer. Och! Noch mehr Erwachsene!

„Wer bist du?" knurrt der größere der beiden. Seine stahlblauen Augen fixieren dich mit dem Ausdruck eines Mannes, der es gewohnt ist, seine Beute anzuvisieren. Sein Tarnanzug und seine schwere Ausrüstung lassen darauf schließen, daß der Typ es ernst meint. Aber was dich wirklich nervös macht, ist die Größe seines Gewehrs. Mit diesem Ding könnte man einen Panzer aufhalten!

Du bist wirklich nicht in der Verfassung, um dem Typen lang und breit zu erklären, wer du bist. Aber glücklicherweise scheint er sich nicht weiter dafür zu interessieren. „Du hast nicht zufällig einen T-Rex vorbeikommen sehen, oder?" fragt er. „Wir versuchen, einen Bullen zu fangen. Aber jedesmal, wenn wir ihm nahekommen, verrät uns Ajays billiges Aftershave." Er dreht sich um, um seinem Partner einen giftigen Blick zuzuwerfen, einem drahtigen Inder, der ein paar Jahre jünger ist als er. „Als ich dir dieses Zeug zu Weihnachten geschenkt habe, konnte ich doch nicht ahnen, daß du es wirklich benutzen würdest!" knurrt er. Also das war es, was so gestunken hat!

„Sag mal", fährt der Mann fort. „Du siehst ganz so aus, als ob du ein kluges Köpfchen auf den Schultern hättest. Möchtest du nicht Scout werden?"

Wenn der Kopf auf deinen Schultern klug genug ist, um dir zu sagen, daß du dem Typen seine Bitte auf keinen Fall abschlagen kannst, geh auf Seite 26.

Wenn der Kopf auf deinen Schultern klug genug ist, um dir zu sagen, daß du unmöglich in dieser Aftershavewolke bleiben kannst, geh auf Seite 52.

Na klar, jeder, der wirklich bestraft werden will, kann nur übergeschnappt sein – und solche Leute hat man nicht gern als Reisebegleiter. Außerdem weißt du genau, daß deine Eltern noch ganz andere Sachen machen würden, wenn du dich völlig aus dem Staub machen würdest.

Du lehnst Kellys Angebot gnädig ab und wünschst ihr eine gute Reise.

Leider nehmen offensichtlich verrückte Menschen wie Kelly Abweisungen nicht auf die leichte Schulter. Das merkwürdige Funkeln in ihren Augen sagt dir, daß du vielleicht - aber nur vielleicht – einen schweren Fehler gemacht hast. Und während sie mit ausgestreckten Armen auf dich zukommt, fragst du dich: Ist das nur ihre verrückte Art auf Wiedersehen zu sagen, oder ist es in Wirklichkeit das...

E N D E

Peter Ludlow führt dich aus dem Amphitheater, hinüber zu den Docks, wo schon ein riesiges Frachtschiff wartet.

Okay, Champ. Vielleicht ist es jetzt an der Zeit zu flüchten!

Wenn du glaubst, daß jetzt eine gute Gelegenheit zur Flucht ist, geh auf Seite 29.

Wenn die Aussicht, eine Insel, die von echten Dinosauriern bewohnt wird, zu sehen, verlockender ist, als Flucht, geh auf Seite 24.

Die Jäger sind stehengeblieben, um zu lauschen und für einen Moment ist es völlig still.

„Ich glaube, es ist alles in Ordnung", sagt Ajay.

Doch dann geht es wieder los. Bmmbb!

Nein, gar nichts ist in Ordnung, denkst du. Und du hast recht – denn wenn dich nicht alles täuscht, steht dort, direkt vor dir, ein großer, gewaltiger, gigantischer Tyrannosaurus Rex!

Du kannst nichts dagegen tun. Du mußt zu schreien anfangen: „Aaaargh!"

„Psst!" Roland hält dir seine Hand vor den Mund. „Ich glaube, er hat Ajay noch nicht gewittert. Wir haben anscheinend Gegenwind. Du sitzt jetzt einfach still und läßt mich die Sache in die Hand nehmen. „Hier, Rexy, Rexy", lockt er.

Während du nur bibbernd dastehst, hebt Roland sein riesiges Gewehr, zielt und...

Klick.

Was? Du stehst mit offenem Mund da, ebenso wie Ajay, während Roland sein Gewehr aufreißt und reinschaut.

„Verdammt, leer!" brüllt er.

„Hast du das Ding nicht geladen?" fragt Ajay.

„Natürlich hab' ich's geladen!" sagt Roland. „Das war dieser nichtsnutzige tierliebende Fotograf, Nick Van Owen! Ich hätte es wissen müssen, ich hätte ihn nie auf mein Gewehr aufpassen lassen dürfen, als ich auf die Latrine ging!"

Geh auf Seite 41.

Langsam brichst du wirklich in Panik aus. Aber versuche, dich unter Kontrolle zu halten. Du weißt doch, daß so erfahrene Jäger mehr als eine Waffe mit sich führen - oder wenigstens irgendwo noch mehr Munition haben müssen. Oder?

Falsch.

„Was ist dann in diesen ganzen Rucksäcken?" fragst du sie.

„Oh, unsere Jagdauszeichnungen, Plaketten, Trophäen undsoweiter", sagt Ajay. „Alles sehr inspirierend."

Toll, denkst du dir. Da wird der T-Rex aber wahnsinnig beeindruckt sein! Nein, besser schnell verschwinden, denn er kommt direkt auf dich zu!

„Hauen wir hier ab!" schreist du. „Vielleicht können wir ihn abhängen!"

„Keine Chance", sagt Roland kopfschüttelnd. „Wir sind noch nie vor einem Tier weggerannt – und jetzt werden wir auch nicht damit anfangen. Oder, Ajay?... Ajay?"

Leider kann Ajay nicht antworten, denn – stinkendes Aftershave hin oder her – der T-Rex war hungrig und hat Ajay gerade zur Vorspeise zu sich genommen. Und jetzt hat er sich anscheinend für Jägerschnitzel à la Roland als nächsten Gang entschieden. Man kann mit Sicherheit davon ausgehen, für unsere beiden großen Jäger heißt das...

E N D E

Aber nicht für dich! Schnell! Renne auf Seite 51!

Zu spät! Du hörst Stimmen näherkommen und merkst, daß sich der Wagen in Bewegung setzt. Du wirst irgendwohin abgeschleppt und das auch noch ziemlich schnell.

Kelly sieht, daß du ein wenig nervös bist. „Keine Sorge", sagt sie dir. „Das wird ein Mordsspaß! Willst du 'nen Schokoriegel?" Sie öffnet einen Wandschrank in der Kochnische des Wagens, der mit all deinen Lieblingssnacks gefüllt ist.

Wow! Ein richtiger Junk-Food-Himmel! Du nimmst dir eine Schaumwaffel und reißt die Zellophanhülle weg. Dann setzt du dich auf das fest verschraubte Sofa und genießt die Fahrt.

Jetzt geh auf Seite 9.

„Ach, du kommst auch ohne mich klar", sagst du zu Kelly. „Ich komm nachher raus."

„Mach's dir ruhig bequem", sagt sie und du siehst, wie sie aus dem Wagen steigt und in Richtung Dschungel läuft, um Feuerholz zu sammeln.

Du wendest dich vom Fenster ab, nimmst dir eine Flasche Saft aus dem kleinen Kühlschrank und setzt dich vor einen der großen Computerbildschirme. Du schaltest den Computer ein, doch dann hörst du plötzlich einen Schrei, der dir das Blut in den Adern gefrieren läßt.

Cool! Das ist ein Computersound, wie du ihn noch nie zuvor gehört hast! Dann bemerkst du, wie der Saft in deiner Flasche hin und her schwappt. BUMM! BUMM! Was läßt denn jetzt den Erdboden so erbeben?

Du rennst zur Tür des Wagens, um nachzusehen, was Kelly da draußen macht. Aber als du raussiehst, kannst du sie nirgends entdecken. „Kelly!" rufst du. Aber die einzige Antwort ist ein tiefes, donnerndes Rülpsen!

Du wendest dich in die Richtung, aus der das Geräusch gekommen ist und – erstarrst vor Schreck. Ein riesiger Tyrannosaurus Rex – den würdest du immer erkennen! – mit irgendwas kleinem, das wie Jeansstoff aussieht und von seinen gewaltigen Zähnen baumelt.

 *Steh jetzt nicht einfach rum! Geh auf Seite 44.*

Du schlägst die Wagentür hinter dir zu und rennst los, um dich in einer Ecke zu verstecken. Aber der T-Rex hat dich schon bemerkt. Durch das Fenster kannst du beobachten, wie er seinen Kopf senkt, wobei der Jeansstoff immer noch zwischen seinen Zähnen steckt, und durchs Fenster hineinblinzelt. Sobald dich sein riesiges Auge geortet hat, ertönt ein Gebrüll, das so tief und laut ist, daß alles im Wagen, was nicht festgeschraubt ist, durchgeschüttelt wird. Auch du!

Du zwickst dich in den Arm und befiehlst dir, aus diesem schrecklichen Alptraum aufzuwachen. Leider bist du aber so wach, wie man es nur sein kann – aber nicht mehr lange. Denn der T-Rex hat schon damit angefangen, den Wohnwagen auseinanderzunehmen. Und wenn dieser prähistorische Dosenöffner ans Ziel gelangt – was mehr als wahrscheinlich ist – dann ist das wohl leider, leider dein...

E N D E

Warum bleibst du nicht einfach wo du bist und wartest, bis der Rest der Jagdgesellschaft zurückkommt? Wie lange kann das dauern? Und in der Zwischenzeit kannst du vielleicht auch die rauhe Schale deines Kameraden Dieter durchbrechen und ein wenig mehr darüber herausfinden, wofür die ganze Tour eigentlich gut ist.

„Willst du eine Weintraube?" fragst du ihn und ziehst das Päckchen heraus, das du in deinen Taschen aus dem Schiff geschmuggelt hast.

„Mmhh!" lächelt er. „Ich bin so frei."

Wußtest du schon, daß der Platz, den ihr euch für eure Ruhepause ausgesucht habt, in einem der beliebtesten Jagdgründe der Insel liegt und einem der beliebtesten Fleischfresser der Insel gehört – dem Tyrannosaurus Rex? Wußtest du schon, daß seine Zähne fast zwanzig Zentimeter lang sind? Nun, du wirst es gleich erfahren... Bald ist nämlich Dinosaurierfütterung...

Hey! Was ist das für ein röhrendes Geräusch und für ein Rascheln im Gebüsch? Hört sich leider an wie der Anfang vom...

ENDE

Nachdem du beschlossen hast, der Sache auf den Grund zu gehen, gehst du dorthin, wo der Dschungel an den weißen Sand grenzt. Ein großer Busch, vielleicht vier Meter hoch, bewegt sich – und nicht durch den Wind! Neugierig gehst du näher heran. Dann plötzlich steht er wieder fest und ein kleines Tier kommt hinter dem Busch hervor. Es ist dunkelgrün und besitzt geschwungene Streifen auf dem Rücken, es sieht aus wie eine Art große Echse, nur daß es aufrecht geht und seinen Kopf wie ein Huhn auf und ab bewegt! So ein Ding hast du garantiert noch nie gesehen – und doch kommt dir das hübsche kleine Ding irgendwie bekannt vor.

„Na, hallo denn!" sagst du.

Das Tier starrt dich nur an.

„Hast du Hunger?" fragst du. Dann greifst du in deine Tasche und ziehst die Trauben heraus, die du vom Schiff mitgenommen hast. Glücklich stellst du fest, daß sie nicht allzu zerquetscht sind.

„Wie wär's mit ein paar Weintrauben?"

Du pflückst eine ab und bietest sie dem kleinen Kerlchen an. Interessiert streckt es seine Hand aus, schnüffelt ein bißchen daran und probiert...

„Blaah!" Die Echse spuckt fast automatisch wieder aus und die Traube rollt an dir vorbei.

„Na schön!" zuckst du mit den Achseln. „Such dir selber was zu essen, ist mir doch egal."

Und du drehst dich wieder um, um nach diesem Schneckengehäuse zu sehen.

Geh auf Seite 47.

Bald schon läßt dich ein leises Zirpen und dann ein lauteres Rascheln wieder in Richtung Dschungel sehen.

„Was soll..." Da, wo gerade noch die eine Echse gestanden war, stehen jetzt mindestens dreißig, die genauso aussehen!

Mit nickenden Köpfen kommen sie langsam näher... und näher... Und dann fällt es dir endlich ein, warum dir das Ding so bekannt vorgekommen ist. Du hast es schon einmal gesehen. In deiner Luxusausgabe der „Enzyklopädie der Dinosaurier"! Diese Dinger sind keine großen Eidechsen oder federlose Hühner. Sie sind Compsognathi – oder kurz gesagt Compys – eine der kleinsten – und hungrigsten – fleischfressenden Dinosaurierarten, die je entdeckt wurde.

Jetzt springen sie vor dir auf und ab und zirpen dich an. Du fühlst dich wie ein Eiskremwagen, der im Sommer von hungrigen Kindern umzingelt ist. Oder eher wie das Eis selbst!

Du weichst einen Schritt zurück... dann noch einen... und noch einen. Wenn du es schaffst, zu deinem Boot zu kommen, kannst du sicher die Heimat erreichen. Aber die Compys folgen dir auf Schritt und Tritt.

Du versuchst erst gar nicht mehr, gelassen zu wirken und rennst los. Und fast schaffst du es! Aber ich fürchte, du hast die Beharrlichkeit hungriger Compys gewaltig unterschätzt. Und als du fühlst, wie die erste ihrer kleinen scharfen Klauen auf deinem Rücken landet, weißt du schon, das ist zweifellos das...

ENDE

Du schnappst dir das Handy aus Sarahs Rucksack und wählst die Notrufnummer.

„Hallo?" sagt die Dame in der Zentrale. „Wie kann ich Ihnen helfen?"

„Naja, wissen Sie, wir sind da in diesem komischen Wohnwagen auf einer Insel in der Nähe von Costa Rica", erklärst du hastig, „und wir werden von einer ziemlich wütenden T-Rex-Mama angegriffen. Was sollen wir nur tun? Was sollen wir nur tun?"

„Bewahren Sie Ruhe", sagt die Dame mit beschwörendem Tonfall, „und sagen Sie mir genau, was das Tier gerade macht."

„Naja, sie brüllt und verteidigt ihr Baby und rammt mit aller Kraft gegen unseren Wagen", sagst du.

„Aha. Zeigt sie schon Anzeichen von Ermüdung?"

Mein Gott! „Bestimmt nicht!" brüllst du.

„Okay. Sieht so aus, als müßten Sie sie selbst beruhigen. Ich gebe Ihnen die nötigen Anweisungen. Machen Sie nur genau, was ich Ihnen sage. Sind Sie dazu in der Lage?"

„Ich denke schon", sagst du.

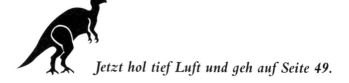

Jetzt hol tief Luft und geh auf Seite 49.

„Sie müssen dem Dinosaurier ein Schlaflied vorsingen", sagt die Dame aus der Vermittlung. „Kennen Sie *Guten Abend, gute Nacht?*"

„Guten Abend, gute Nacht?" schreist du.

„Ja, das hören sie am liebsten", antwortet sie.

Soll das ein Witz sein? Aber du hast ja keine Wahl – denn Frau T-Rex kommt schon wieder auf dich zu. Du kannst ihren heißen Atem spüren, wie er über dich streicht...

„Guten Abend, gute Nacht, mi-hit..."

Plötzlich stoppt das Muttertier. Sie läßt ihren Kopf hängen und schließt sanft ihre mächtigen Kiefer und das nächste, was du von ihr hörst, ist ihr Schnarchen, laut wie ein Sägewerk.

„... schlu-hupf u-hun-ter die Deck", kommst du zum Ende. „Sie schläft!" teilst du der Dame aus der Zentrale mit.

„Gute Arbeit", lobt sie dich. „War mir ein Vergnügen, Ihnen helfen zu können."

Mittlerweile können Nick und Sarah ihren Augen nicht trauen. Du allein (mit freundlicher Unterstützung der Dame aus der Zentrale) hast die wilde Bestie besänftigt. Wer muß sich jetzt noch vor diesen mächtigen Wesen fürchten, wenn alles, was man braucht, ein paar Takte von Guten Abend, gute Nacht sind?

Du kehrst zum Jurassic Park San Diego zurück, wirst ein weltberühmter Dinosauriertrainer und schickst deine Eltern in endlose Ferien – allein! Herzlichen Glückwunsch, daß du es so gut hinbekommen hast, das...

E N D E

Also immer noch lieber allein und seekrank im Schlauchboot, als eventuell noch mal dem verrückten Ludlow in die Hände geraten! Außerdem ist es viel besser, die Sache auf eigene Faust anzugehen. Was hast du schon zu verlieren?

Während die Schiffsbesatzung ihre Arbeit an den Hubschraubern abschließt, läufst du in die andere Richtung, auf das Schlauchboot zu. Ein hübsches Ding – mit Außenbordmotor und allem Drum und Dran.

Du springst rein, legst einen Schalter um und schon läßt dich die Winde auf das Wasser herab. Mist! Wie startet man denn dieses Ding?

Wenn du meinst, daß man es mit dem Schlüssel startet, geh auf Seite 5.

Wenn du meinst, daß man einen Schalter betätigen muß, geh auf Seite 16.

Aus dem Weg! Aber du weißt doch, niemand kann einen hungrigen T-Rex abhängen. Und dieser da hat noch Platz für einen kleinen Nachtisch!

Tja, was für ihn nur das Ende seines Mittagessens ist, bedeutet für dich hingegen das endgültige...

ENDE

„Tut mir leid", sagst du. „Meine Mutter hat mir gesagt, ich soll nie mit fremden Männern auf die Jagd gehen."

„Macht nichts", zuckt der Typ mit den Achseln. „Ist vielleicht sowieso besser, die Jagdgesellschaft klein zu halten. Sollen wir weitergehen, Ajay?"

„Nach dir, Roland", antwortet sein Freund.

„Nein, nach dir."

Während du zuschaust, wie die beiden wieder in den dichten Dschungel marschieren, bist du einerseits traurig, daß du diese gute Gelegenheit verpaßt hast. Stell dir nur vor, einem echten Tyrannosaurus Rex nachzujagen... Tyrannosaurus Rex! Andererseits bist du allerdings alleine wahrscheinlich besser dran. Schnell machst du dich in die entgegengesetzte Richtung auf.

Dann, nur wenige Meter weiter, bemerkst du einige riesige Abdrücke im Sand. Sie sehen wie gigantische Vogelspuren aus. Wenn du es nicht besser wüßtest, würdest du wirklich denken, es seien... „Hey, Leute!" fängst du zu brüllen an. Dann fühlst du es. Bmmbb! Bmmbb! Der Boden unter deinen Füßen beginnt zu zittern. Es ist fast wie ein Erdbeben... Ein Erdbeben, das näherkommt!

Du rennst los, aber noch bevor du einen Schritt tun kannst, bricht ein gigantischer, schnappender Kopf aus dem Gebüsch hervor. Du versuchst zu schreien. „Der T-Rex ist hier!" Aber du bekommst keine Chance mehr dazu, denn – glaub es oder nicht – für dich ist hier...

ENDE

Plötzlich bricht ein dunkelgrünes Fahrzeug durch die Bäume und ein ganz in Schwarz gekleideter großer Mann steigt aus. Du erkennst ihn sofort – du hast ihn schon im Fernsehen gesehen. Dr. Ian Malcolm, der verrückte Wissenschaftler, der vor ein paar Jahren den Leuten einreden wollte, daß es da eine Insel voller menschenfressender Dinosaurier gäbe.

„Dad!" ruft Kelly überglücklich.

„Was machst du denn hier?" brüllt er.

„Ich koche Abendessen für dich", antwortet sie. „Schließlich hast du mich ja praktisch dazu herausgefordert, herzukommen? Weißt du noch? Du hast gesagt 'Hör nicht auf mich!'. Also hab' ich nicht auf dich gehört. Und jetzt bin ich da. Und ich hab' noch einen Freund mitgebracht."

Bevor Malcolm etwas erwidern kann, fährt ein anderes Fahrzeug heran und noch drei Leute steigen aus: ein junger Mann, der grob geschätzt etwa hundert Kameras um den Hals hängen hat; ein anderer Mann, der schwer an seiner Ausrüstung schleppt, die wie aus einem Science-Fiction-Film aussieht; und eine gutaussehende junge Frau mit einem geradezu ekelerregenden Rucksack – in dem sie irgendein verwundetes Tier herumträgt.

„Keine Belehrungen bitte, Ian", sagt sie.

Geh auf Seite 12.

Du stürzt dich auf die komplizierte Radiokonsole, die in die Wand des Wagens eingebaut ist und probierst eine ganze Reihe von Schaltern aus. Die Konsole blinkt auf – Hurra!

Du greifst nach dem Mikrofon und drehst am Lautstärkeregler...

Badaladala-labamba!

Welcher Idiot hat sich hier Salsamusik angehört und vergessen, den Empfänger wieder auf die richtige Frequenz zu stellen? Du wirst den Kerl umbringen!

Aber eigentlich hast du jetzt überhaupt keine Zeit, um solchen Gedanken nachzuhängen, denn – BUMM! – der T-Rex tritt gerade zum zweiten Mal in Aktion! Und der Schlag war nicht von schlechten Eltern! Der gesamte Wagen kippt um, mit einem lauten Knall fällt der Strom aus, alles wird dunkel und der Wagen setzt sich in Bewegung und rutscht vorwärts.

„Oh nein!" schreit Sarah. „Sie stoßen uns über die Klippen!"

Klippen? Welche Klippen?

Na die Klippen direkt hinter dir, Dummerchen! Die, über die du in weniger als einer Minute stürzen wirst.

Vielleicht hättest du es mit dem Telefon versuchen sollen. Vielleicht hättest du dann jemanden erreichen können, der dich gerettet hätte. Aber jetzt ist alles zu spät. Du kannst dich jetzt nur noch zurücklehnen und die Fahrt genießen, bis zum bitteren...

ENDE

Du trittst also mit voller Wucht zu. „Auuu!" heult Ludlow auf, läßt deine Schulter los und greift mit schmerzverzerrtem Gesicht nach seinem Schienbein.

Dein Fuß fühlt sich auch nicht besonders gut an, aber das hält dich nicht davon ab, so schnell wie möglich aus dem Amphitheater zu verschwinden! Zu dumm, daß du dich nicht mehr genau daran erinnern kannst, wie du reingekommen bist. War es da drüben links? Oder doch da rechts? Oder vielleicht auch gleich da vorne? Einfach ausprobieren, denkst du dir...

... doch du hast die Orientierung verloren. Der Weg, den du genommen hast, führt direkt in den Käfig des Velociraptors –den offenen Käfig des hungrigen Raptors! Wie konnte das nur passieren? Das fragst du dich, aber leider wirst du es nie erfahren – denn für dich, lieber Leser, ist dies das unausweichliche...

ENDE

Hast du Höhle A gesagt?

Du versuchst, den Atem anzuhalten und gleichzeitig cool zu bleiben, während du Stark an dem verfaulenden Fleisch vorbei zur Höhlenöffnung folgst. Aus dem Inneren der Höhle hörst du äußerst merkwürdige, hohe, quietschende Geräusche.

„Wieso gehst du nicht als erster rein", schlägt Stark vor und stößt dich mit der Stange seiner Schlinge vorwärts. Jetzt wird er aber höflich!

Du gehst weiter in die Höhle – so leise du kannst – bis dich eine Art trockener Erdwall aufhält. Du kletterst hoch – und was du auf der anderen Seite siehst, bringt fast dein Herz zum Stehen. Es ist eine Art Nest – ungefähr drei Meter breit und voller Knochen jeglicher Form und Größe. Und was ist drin? Entweder das größte, häßlichste vogelartige Wesen des ganzen Universums – oder ein Tyrannosaurus-Rex-Baby!

Was du siehst, hat dich so überrascht, daß du Starks Warnschrei gar nicht wahrnimmst.

Plötzlich merkst du, daß du von irgend jemand in das Nest geschubst wirst.

Als du aufschaust, siehst du die T-Rex-Mutter auf dich herabblicken. Und als du wieder nach unten blickst, siehst du, wie das Baby gierig auf dich zuwatschelt – wie ein kleines Kind, das ein Bonbon gesehen hat. In der Tat, wüßtest du es nicht besser, würdest du annehmen, daß dich das Baby wirklich für ein Bonbon hält – ein großes, saftiges, fleischiges Bonbon! Und wüßte ich es nicht besser, würde ich sagen, dein junges, frisches Leben kommt schon zum...

ENDE